AF356573

REGRETS

DE LA FRANCE SVR LE
TRESPAS DE MONSEIGNEVR
LE DVC DE MONTPENSIER.

FAICTS EN FAVEVR
de Monseigneur le Viconte de
Brigeuil.

Par D. le Duc Parisien.

A PARIS.

Chez MARTIN VERAC Imprimeur, &
Libraire, ruë Iudas à la Nauette.

1608.

A TRESNOBLE TRES-VER-
TVEVX ET TRESPVISSANT SEIGNEVR

Messire Louys de Creuant, Viconte de Brigeuil, Cheualier de l'ordre du Roy, Capitaine de cinquante hommes d'armes de ses ordonnances, & Gouuerneur pour sa Majesté en ses Ville & Chasteau de Han.

ONSEIGNEVR,
outre que ces plaintes sont extremement des-agreables en leur subject, i'ay infiniment de regret d'auoir commécé par des regrets la preuue de mon deuoir, non que surperstitieusement ie tienne à triste augure cet accident; mais pour ce que ie minutois auec le temps des desseings, dont les effects vous eussent apporté plus de contentement; desseings par lesquels ie desirois vous faire voir quelques petits eschantillons d'vne chetiue Muse sur le subject de vostre grandeur & de vos vertus. Mais puisque le mal-heur de la Frāce, trauersee par cest infortune si sésible, sēble desirer des larmes & des regrets des plus beaux esprits du mōde; i'ay suiuant les pistes mieux tracées, barré mon premier desir, pour contribuer de ce peu que Dieu m'auoit donné d'esprit & d'industrie, à la demonstration de nostre perte, & à la consolation de nostre

A ij

douleur. A quoy quand le sentiment cõmun
ne m'eust point obligé, vostre affliction par-
ticuliere, aussi violéte & aussi aigre qu'il s'en
vit iamais, me forçoit, comme ayant inte-
rest à ce qui vous touche, estant celuy de
tous vos domestiques que, vous auez le plus
obligé au chois que vous en auez fait, pour
le gouuernement & instruction de Monsieur
de Humieres.vostre fils,esprit d'vne esperãce
aussi belle, qu'il est heureusement & tres-no-
blement né; me forçoit dis-je de vous rendre
ce deuoir,non pour esteindre en vous le souuenir de ce mal,ou pour arrester le cours de
vos plaintes, sçachant bien que ce sont des
instrumẽts trop foibles pour appaiser l'excés
de vostre ennuy; mais pour publier vn tesmoignage de mõ affection à tel effect que ce
pourroit; tesmoignage que, sans gloire, i'ay
encore voulu donner au public, par vostre
commãdement, & de plusieurs Gentilshom-
mes de merite, dõt i'honore la memoire, &
de l'amitié desquels ie fais merueilleusemẽt
estat, & ce abryé de vostre illustre nom,aussi
capable de reboucher l'ignorance & l'impu-
dence des mesdisans (qui se prennent ordi-
nairement aux esprits n'aissants non au monde, mais au iour, nõ au iour, mais à la presse)
que recommandable parmy ceux qui font
profession d'honneur & de vertu. Que si cõ-

tre tout respect on passe au mespris de ma
deuotion, iusques à vouloir estouffer ces pe-
titsauortons ; ie ne m'offenseray point que
l'imperfection voye le tombeau, que n'a sceu
eschapper ce Prince, la perfection mesme,
causes de nos larmes, & de nos pleurs. Au
moins calomniant mon ignorance, ie me
targueray du deffaut d'ingratitude, & de
peu de ressentiment en linterest public, &
en la necessité qui s'offroit à vostre occasion.
A quoy ie deuois d'autant plus veiller, que
cela estoit del'essence du vœu, que i'ay fait
d'estre

Monseigneur,

Vostre plus humble & plus
obeissant seruiteur
Le DVC.

De vostre chasteau d'Azay en
Touraine ce 15. Mars 1608.

REGRETS DE LA FRANCE SVR LE
trespas de Monseigneur le Duc de Montpensier, en forme de Stances.

LA France estoit en pleurs, & son morne silence
Tesmoignoit de son mal l'extreme violence;
Quand ce grãd Duc aymé fut rauy de ses bras,
Grand Duc fils de la gloire, à qui les destinees
Deuoient vn nombre entier d'eternelles annees,
Si la vertu pouuoit s'exempter du trespas.

Son front marqué d'ẽnuys, ses yeux bagnez de larmes,
Reparloient les douleurs, & les rudes alarmes,
Que son cœur angoisseux souspiroit au dedans.
Encore sembloit-il que le triste visage
En ceste extremité combatist le courage,
A qui tesmoigneroit des signes plus ardans.

Le cœur atteint au vif, pour monstrer sa detresse
Vouloit defendre aux yeux les marques de tristesse,
Comme il interdisoit la parole à la voix,
Ne iugeant pas que l'œil eust des larmes si fortes,
Ny la langue & la voix des paroles si mortes,
Pour assez descouurir la douleur des François.

Comme ce peintre caut qui voila la figure
De ce Roy Grec atteint d'vne sensible iniure,
L'art refusant assez de tristesse au pinceau:

Le cœur se reserua ceste douleur extreme,
Estant le plus touché, quand ceste parque blesme
Rendit par ce trespas son repos au tombeau.

De fait vn cœur si grand, que les vertus nourrices
Auoient ieune allaicté parmy les exercices
De la gloire & d'honneur, & des choses de pris;
Ne se deuoit pleurer que du cœur de la France,
Puisque c'estoit sur luy que tomboit ceste offence,
Et que le sort auoit sur sa gloire entrepris.

Ainsi ce cœur contraint empeschoit que la bouche
Ne vomist mal-heureuse vne plainte farouche,
Et que les torrents d'eaux ne coulassent des yeux.
Retirant tout à soy, il rendoit immobiles
Les autres sentimens à se mouuoir faciles,
Auant que la douleur le fist seditieux.

Ce corps ainsi priué du cœur qui l'abandonne,
Demeuroit ectasé, ainsi qu'vne personne,
Qu'vn orage soudain surprend en des escarts,
Quand le foudre, & l'esclair, & la gresle menüe,
Troublent sans y penser le serain d'vne nue,
Et qu'vn triste danger le ceint de toutes parts.

Son sort estoit pareil à ces corps miserables
Des hommes mi-cheuaux, qui sortant de leurs tables
Se virent en rocher changer soudainement,
Demeurans au dedans sans poulmons, sans haleine,

Et portant au dehors vne apparance humaine,
Et dedans & dehors priuez de sentiment.

Ainsi ce corps François sauourant les delices,
Et d'vne saincte paix les heureuses blandices,
Paix que le grand H E N R Y acquit par sa valeur:
Vne triste auanture au milieu nous aborde,
Qui marbrant nostre corps à peine nous accorde
Quelque resentiment en nostre aigre douleur.

A la fin, & le front, & les yeux contraignirent,
Et de compassion le cœur ils atteignirent,
Pour leur faire couler mille fonteines deaux,
Puis qu'il n'estoit raison, la perte estant commune,
Qu'ils ne sentissent pas vne mesme fortune
En tarissant le cours de leurs tristes ruisseaux.

Ils perdoient l'ornement le plus beau de nostre aage,
Vn Prince qui portoit les graces au visage,
La douceur dans les yeux, & le miel au parler,
Vn Prince qui n'estoit qu'à soy-mesme semblable,
Et voir qu'en s'eclipsant leur perte estoit notable;
N'estoit ce pas asses pour en pleurs s'escouler?

La voix restoit encor' de sanglots s'yncopee,
Et demy se formant au gozier estouppee,
Pour faire que le deuil s'accomplist tout à faict,
Grossie elle creuoit en ces prisons fermee,
Pour ne participer en sa plainte formee,
Aux violents efforts que tout le reste fait.

Aussi la voix denoit des funebres complaintes,
Les yeux des mers de pleurs, & la langue des plaintes,
Le cœur mille-sanglots, & tout le corps du deuil,
Puisque l'honneur des bons, l'horreur de la malice,
Le soutien de la France, & l'appuy de Iustice
Estoient en vn seul corps reduits dans le cercueil.

La parole s'eschappe à la fin, & la France
Ne resonne que cris & sa rude souffrance,
La douleur retenue excitant plus de bruit.
Comme quand vn torrent voit ses ondes pressees,
Entre deux forts ramparts de digues & chaussees,
Et qu'en les fracassant la campagne il destruit.

Les Echos & les bois reçoiuent tant d'attaintes
De ces eslancements, que fremissants de craintes
Ils ne reparlent rien que des tristes helas!
Il semble à voir chacun plaindre son aduanture,
Que le ciel inhumain destruise la nature,
Et que tout l'Vniuers ressente le trespas.

Ah! ce disoit la France, vn si fascheux esclandre
Me deuoit-il tomber & cautement surprendre
Au milieu de mes iours plus sertins & plus beaux?
Ceste infelicité m'estoit-elle restee
Des fatales rigueurs dont ie fus tourmentee,
Quand ma face se veit couuerte de tombeaux?

Si parmy les efforts d'vne guerre allumee,
Dont ie me vis iadis à demy confumee,
Ie l'euffe veu tomber percé de mille parts,
I'euffe donné ce tort à l'incertaine chance,
Et au fort des combats, qui d'vne efgalle offence
Renuerfe les plus grands, & les fimples foudarts.

Mais luy, qui la valeur apporta de naiffance,
Auffi toft grand guerrier qu'il eut la cognoiffance,
Ne pouuoit pas fouffrir de perte en cet effort.
Les dangers le fuyoient, & les hazards contraires,
Et s'il euft veu la mort parmy fes aduerfaires,
Il euft mefme donné le trefpas à la mort.

Mais le ciel ennemy me gardoit cet outrage,
Et prattiquoit l'effect de ce defauantage,
Quand ie penfois qu'il rift plus fort à mes defirs;
Son infidelité, qu'il m'a trop tefmoignee,
Me prit, quand ie penfois de mal-heur esloignee
Alenter mes douleurs & mes trop longs fouspirs.

Ah ciel! l'auois tu faict de nature fi belle,
Et d'vn cœur fi parfaict pour la parque cruelle,
Et pour eftre fi toft le iouet des deftins?
Tant de perfections en vn corps affemblees
Ne meritoient iamais de fe fentir troublees
Par l'effort violent de leurs aizeaux mutins.

Vous me l'auiez donné pour monstrer vostre gloire,
Et pour me faire voir que ce qu'on pouuoit croire
De vos hautes grandeurs n'auoit point eu d'effect.
Mais las ! en le formant vous fustes tant adextres,
Qu'en vain l'on vous a creu par apres de grãds maistres,
Car vous n'auez depuis rien faict de si parfaict.

Vous en auez rougy aussi tost de cholere,
Non pas vous repentant d'auoir sceu si bien faire,
(Le regret ne suit point vn faict si gratieux)
Mais de ce que la terre auoit eu pour partage
De vostre chiche main ce bel apprentissage,
Dont on deuoit iouir seulement dans les cieux.

Aussi recognoissant vostre faute premiere,
Vous me l'auez rauy d'vne main carnassiere,
Comme encor il sortoit de son ieune printemps.
Il s'enfuit d'icy bas comme vn esclair qui passe,
Pour monstrer qu'on ne peut en ceste terre basse
Voir les diuinitez, & en iouir long temps.

Cependant la douleur, qui me vient de sa perte,
Me touche d'autant plus que ie voy descouuerte
Mon infelicité par ce triste trespas.
Sa presence faisoit mon soulas & ma ioye,
Et le mesme mal-heur, qui le prit pour sa proye,
Prit pour sa proye aussi mon bien & mon soulas.

A ij

Ah ! miserable iour, qu'vne triste aduanture
Fit esclore icy bas pour naistre mon iniure,
Sois tousiours remarqué d'vne noire couleur.
Ton iour soit vne nuict, & le Soleil n'esclaire
Iamais à ton bon heur mais tousiours au contraire
On entende chez toy les cris & la douleur.

Aussi n'estois tu pas vn iour, qui d'ordinaire
Voit luire le Soleil dessus nostre hemisphere,
Car tu n'eusse voulu si mal te signaler:
Tu vins hors du commun en vn mois de disgrace,
Et pour te remarquer tu vestis ceste audace
Qu'vn Prince comme luy à la Parque immoler.

Mais comme ce voleur, qui cherchoit de la gloire
En vn meschant desseing pour faire sa memoire,
Quand Ephese sentit ce grand embrasement.
Ou tu seras biffé du nombre des iournees,
Ou bien si tu retourne apres quelques annees,
Iamais ton souuenir ne sera sans tourment.

Si tu eusse permis qu'il eust eu l'aduantage
Iusques au l'endemain de poursuiure son aage,
Au mois qui tient le nom d'vne fleur & d'vn Dieu,
Mars qui fut son appuy, sa targue, & sa deffence,
Eust guaranty son chef d'vne mortelle offence,
Et ie rirois encor de voir ce Demidieu.

Ie ſçay bien qu'il naſquit pour ſouffrir ceſte iniure,
Où l'arreſt des deſtins obligea la nature,
Que la gloire & l'effort ne ſçauroient alterer,
Car pour noſtre mal-heur, les infidelles parques
Egallent aux vaſſaulx les teſtes des monarques,
Sans qu'on puiſſe à pitié leur rigueur coniurer.

Mais ie deuois au moins en iouyr dauantage,
Sans eſpreuuer ſi toſt ce funeſte dommage,
Que de le voir rauir au fort de mon eſpoir.
Comme quand les moiſſons en leur verdure tendre
Se voyent renuerſer par vn fatal eſclandre
Empliſſant tous les champs d'horrible deſeſpoir.

C'eſt ce qui fait mes pleurs, & qui pourroit cõtraindre
De ſortir de mes yeux vn deluge à le plaindre,
Voire de m'eſchanger en vne vaſte mer,
Si le ciel inclement ſe rendoit flechiſſable,
Mais vn ſi beau threſor n'eſtant point rachetable,
C'eſt comme fouruoyé ſur les ondes ſemer.

Ah ! non, ie ne veux pas le rauir à cet ayſe,
Quand ie deurois flechir la ſentence mauuaiſe,
Que me fait reſentir l'inſolence des cieux :
Mais i'euſſe bien voulu par vn ſort admirable,
Que ſans auoir ſenty ceſte mort dommageable
Nous iouiſſions tous deux d'vn bien ſi pretieux.

B iij

Toutefois si de Dieu la volonté plus sainCte,
Qui selon nos desirs ne sçauroit estre enfreinte,
Ne me l'a point permis pour mon contentement,
Ame diuine & belle au milieu des delices,
Et des plaisirs nouueaux de vos sainCtes blandices,
Souuenez vous vn iour de mon triste tourment.

Ie sçay que vous filez vne immortelle vie
Auec les bien-heureux aux plaisirs asseruie,
Vostre perfeCtion vous destine ce lieu:
S'il estoit autrement, ce seroit chose estrange,
Car si dãs vostre corps vous viuiez comme vn Ange,
Apres vostre trespas vous viuez comme vn Dieu.

Vous donc, qui soustenés de conseil, de prudence,
D'exemple, de valeur, mon heur & ma puissance,
Dans vos sacrés seiours ne me delaissez pas,
Mais puis que vostre bras ne peut plus pour ma gloire,
Ne faiCtes pas en vous esteindre ma memoire,
Si vostre souuenir ne me meurt icy bas.

Vous pouués excité par mes iustes complaintes
Ioindre à mes humbles vœux vos prieres plus saintes,
Prieres d'vn grand prix pour ma felicité,
Dieu n'esconduira point vostre voix redoublee,
Pour celle qui vous pleure en vostre mort troublee,
Si vous auez heureux du repos herité.

Cependant pleins de deuil & d'obscures tenebres
Nous suiurons vostre corps en mille chants funebres,
Nonobstant glorieux de l'auoir parmy nous,
Triste de ne voir point ceste cendre animee,
Qui iadis parmy nous se fit tant renommee,
Parauant que les cieux en deuinsent ialoux.

Mille riches parfuns dans vostre sepulture
Garderont immortel ce, qui reste à l'iniure
Des Parques, qui vous ont atermé vostre cours:
Les lyres, & les voix, par les airs entendues,
Rendront par l'Vniuers vos valeurs espandues,
Et dedans le tombeau vous reuiurez tousiours.

Au milieu des lauriers, des palmes, des trophees,
Des guirlandes d'honneur & de gloire estoffees,
Loyer assés petit pour la perfection,
I'engraueray ces vers pour vne souuenance
De vostre grand courage & de vostre vaillance,
Et tesmoigner ma perte en mon affliction.

L'homicide cousteau de la Parque ennemye,
Ordinaire instrument pour assouuir l'enuie
Du ciel, qui d'icy bas ialouse le bon-heur,
Desiroit estouffer & ce Prince, & sa gloire,
Mais son merite auoit tant acquis de memoire,
Que la Parque fit sa honte & son mal-heur.

La terre l'auoit seule, & apres ce partage,
Et la terre & le ciel eurent de l'auantage,
Luy pour auoir l'esprit, & l'autre pour le corps,
Bien que le ciel puissant eust rauy son corps mesme
S'elle n'eust opposé à sa puissance extreme
Ce marbre gardien de ces plus beaux thresors.

Ce corps tout accomply deuoit rester encore,
Afin que nos neueux voyant comme on l'honore
Pour vostre gloire apres se moulassent sur luy.
Et puis que les vertus sont du ciel l'heritage,
Nous ne pouuions au moins que d'en auoir l'image,
Comme ce corps iadis en estoit tout l'appuy.

Dormez donc vn repos heureux & fauorable
Cendre iadis l'estuy d'vne ame sans semblable,
Qui gouste les plaisirs de la diuinité.
Et vous, que la grandeur & la gloire espoinçonne,
Pensez à vostre sort, qui n'espargne personne,
Puis qu'vn si grand Heros ne l'a pas éuité.

PLAINTES

PLAINTES

DE MADAME LA DV-
CHESSE DE MONTPENSIER
sur le mesme subiect.

STANCES.

Vis-je encor respirer & ma triste fortune
N'at-elle pour mes maux qu'vne plainte
    commune?
L'exces de ma douleur n'a-t'il riẽ merité?
Les sanglots, les regrets, les soupirs, & les larmes
Sont pour les maux communs des ordinaires armes,
Et le mien violent passe à l'extremité.

Ce que l'affliction a iadis fait d'extreme
Aux cœurs passionnés d'vne rencontre mesme
Doit estre mon partage en ce mal qui m'assaut,
Ou bien s'il se reserue encore en la nature
Le violent effort d'vne peine plus dure
Pour m'affliger assez, c'est cela qu'il me faut.

Ie ne veux plus des yeux que pour fondre en riuieres,
Ie ne veux plus de voix que pour les plaintes fieres,

Ie ne veux plus de cœur sinon pour soupirer.
Et si le corps humain pouuoit rien dauantage,
Ie voudrois que le sort le fist pour mon dommage
Tomber dessus mon chef afin de l'endurer.

Iray-je vne bacchante hors de moy forcenee
Publiant mon mal-heur d'vne voix estonnee,
Mes cheueux negligés espars nonchallamment,
Ah ! ce sont des tesmoins trop foibles pour ma perte,
Rien ne peut remarquer la cause tant aperte
De mon sort impiteux que l'excés d'vn tourment.

Niobe a bien sentv, peut-estre soulagee,
En forme de rocher sa nature changee,
Ne pouuant tesmoigner autrement son mal-heur
Quand la rage rauit ses enfans par leur pére,
Et que le pere encor à soy mesme aduersaire
Fut l'auteur mal-heureux de sa triste douleur.

Ay-je moins de subiect de sentir miserable
Le sort aussi cruel si ma peine est semblable?
Ay je moins d'amitié pour en craindre le mal?
Non, destins enuieux versez dessus ma teste
Ce qui vous reste plus d'horreur & de tempeste,
A ce triste accident vous n'aurez rien d'esgal.

Ie ne refuse point vos peines rigoureuses,
Comme ie suis premiere entre les mal heureuses
Ie ne veux point auoir de seconde en tourment

Ie ne doû eſprouuer que fureurs violentes,
Que transports loing d'uſage,&des douleurs preſſantes,
Et tout ce qui me peut aigrir le ſentiment.

Ie voy toute la France en ma perte eſtonnee,
Languiſſante d'effroy, de deuil enuironnee
Faire entendre ſon mal par ſes gemiſſements,
Et puis que la douleur me touche d'autre ſorte
Faut il que le commun par deſſus moy l'emporte
Et i'aye dans le cœur moins de reſentiments.

Vous auez du ſubiect de plaindre ſon deſaſtre,
Ou le voſtre pluſtoſt, puiſque c'eſtoit vn aſtre
Fauorable & luiſant à vos felicités,
O France deſormais il faut craindre l'orage,
Si lon voit eclypſer ce qui fut vn preſage
De l'heur, & des plaiſirs qui vous ont aſſiſtés.

Quand la puiſſante main du ſouuerain retire
Le plus ſolide appuy & l'honneur d'vne Empire,
Il faut craindre vn eſchec à ſa confuſion,
Des teſtes comme luy ne ſont point esbranlees
Que l'on ne ſente auſſi les bazes eſcroullees.
D'vn eſtat menacé de quelque affliction.

Il eſtoit ton honneur, ta gloire, ta defence,
Il portoit en ſon corps les graces de la France,
Il eſtoit vn miracle au milieu des mortels,
Et n'eſtoit que l'on veit que la parque obſtinee

Ye

25931

Grand Roy ſi ie pouuois vous ſeruir dauantage
Ie ſçay bien que le ſort ne me rauiroit-pas.

I'ay regret, non d'auoir manqué d'eſtre fidelle,
Car mon ame iamais ne ſe veit criminelle
Encontre vos grandeurs d'vne deſloyauté,
Mais que le ciel me fit de force ſi petite
Pour ſubieƈt vous ſeruir ſelon voſtre merite,
Merite ſurpaſſant toute autre Maieſté.

Mais ce dont la foibleſſe a fruſtré mon courage,
Que voſtre iugement n'en face mon dommage,
Payez vous des deuoirs de mon affeƈtion,
Croyant que ſi le ciel n'euſt atermé ma vie,
Que l'on n'euſt veu iamais vne plus ſainƈte enuie,
Ny vn deſir ſuiuy de tant de paſſion.

Que ſi ie ſuis priué de l'heur de ceſte gloire,
Par le treſpas commun qui borne ma viƈtoire,
Grand Roy pour vous ſeruir ie ne borne mes vœux,
Ie m'en vais vous tracer le chemin des delices,
Où les Roys comme vous ſauourent les blandices,
Et les iuſtes loyers de leurs faiƈt genereux.

Il eut dit, & ſoudain auecque la parole
La force defaillant ſa belle ame s'enuole,
Le cœur battant encor teſmoing de ſon ardeur,
En ceſte extremité tout le monde s'eſpleure,

Et semble qu'en sa mort toute la court se meure,
Comme l'on voit son front marqué de la douleur.

O inuincible cœur, ô ame valeureuse,
Au milieu des assauts d'vne mort l'angoureuse
Qui respire l'honneur en dépit du trespas,
Tout proche d'esprouuer vne gloire immortelle
Il ne refuse pas vne peine nouuelle·
Pour seruir & son Prince & la France aux combats.

Aussi ce grand HENRY la perle de nostre aage,
Le miroir de l'honneur cognoissant son courage
D'vn lien plus estroit voulut ioindre son sang,
Iugeant bien que les grands delaissent pour partage
Leur gloire & leurs vertus par vn mesme heritage
Aux enfans bien-heureux qui sortent d'vn tel rang.

Si que ce ieune Heros second heur de la France
Des-ja ioint par le ciel parauant sa naissance,
Auec ceste Princesse heritiere d'honneur,
Promettent quelque iour des grandeurs nompareilles,
Car l'on doit esperer des Dieux & des merueilles,
Quand on voit la vertu iointe auec la valeur.

Ce sont de ces espoirs dont estant affligee
O France, ta douleur peut estre soulagee,
En supportant ta perte auecque moins d'ennuy,
Mais que n'esprouuois-tu encore ses vaillances,

Attendant les effects des ieunes esperances
Des enfans qui tiendront en courage de luy.

Vous le verriez encor au milieu des armees,
Et parmy les efforts des trouppes animees
Auec vn fer vaincueur se grauer vn renom;
Renom qui fut acquis de la naissance mesme
Au mornarque qui tient le François diadesme,
Et aux enfans issus de l'estoc de Bourbon.

Vous le verriez encor planter la peur couarde
Dans les cœurs plus puissans d'vne trouppe hagarde,
Comme il fit à l'abbord de son ieune printemps,
Printemps où pour des fleurs & des ieunes attentes,
Il donna des moissons plus douces & plaisantes
Que les cœurs plus parfaits n'auoient fait de long tēps.

France tu le sçay bien quand il graua ta gloire
Sur les Druides champs signalant la victoire
De son Prince indonté par son sang espandu,
Sang qu'vn mortel effort vouloit ioncher par terre
Auec sa vie aussi, si vn Dieu de la guerre
Par son coup ennemy pouuoit estre estandu.

Mais comme ce guerrier qui d'vne main cholere
Vouloit donner la mort à son fier aduersaire
D'vn fauorable coup luy prolongea ses iours.
Ce sang germa sa gloire & fit sa renommee

Qui dedans le tombeau deuoit estre enfermée
Auecque mille honneurs renaistre pour tousiours.

Ce sont ces souuenirs qui acalment ta peine,
Et qui font en tes maux reprendre quelque haleine
O France, & ce sont ceux qui font mon deplaisir,
Car plus il eut d'honneur & de gloire en ce monde,
Et plus en son trespas la douleur me seconde,
Et i'ay plus de regret de m'en voir dessaisir.

Comme vn que le hazard esleue fauorable
Au comble d'vn honneur & d'vn bien desirable
S'estonne quand il voit qu'vn accident fatal
Ou que l'œil de son Prince eschange sa fortune,
Trouuant que la douleur d'autant plus l'importune,
Que ce change soudain fait son sort inegal.

De mesmes, au sommet d'vne belle alliance
Iointe d'vn sainct lien à vn Prince de France,
A qui rien de vertu l'on ne peut desirer,
Au milieu des plaisirs des grandeurs & de l'aise,
Voila qu'vn coup cruel d'vne Parque mauuaise
Renuerse tout mon heur pour me desesperer.

Ah! fiere cruauté, ah! dures departies,
Falloit-il que d'honneur deux ames assorties
Se vissent separer par vn sinistre effort,
Le ciel qui les ioignit d'vn nœud plus admirable,

Leur

Leur deuoit departir vne faueur semblable
Leurs corps d'vn mesme coup asseruis à la mort.

Las! il le vouloit bien : mais mon ame coulpable
Tu refusas du ciel ce bon-heur desirable,
Manquant d'affection, ou crainte du trespas:
Si nos cœurs n'estoient qu'vn, la moitié separee
Deuoit d'vn iuste accord à l'autre coniuree
L'attirer apres soy, & tu ne voulus pas.

Ah! roche, ah! diamant, ta perte signalee,
Tes vœux, & ton serment, ne t'ont point esbranlee,
Tu veux demeurer sauue apres vn coup mortel;
Non, ie me vangeray de ta faute infidelle,
Ie veux que tous les iours ta peine renouuelle
Renaissant sans mourir à vn deuil eternel.

Non, ce ne fut pas vous, mon ame, qui meffistes,
Grand Prince mon espoux premier vous vous deffistes
De vostre humble moitié, que vous feigniez aymer;
Ouy vous feigniez l'aymer; ou bien vostre courage
N'eust iamais entrepris vn si lointain voyage,
Sans celle qui iadis vous sembloit animer.

Ne vous souuient-il pas comme vne foy commune
Nous obligea tous deux à la mesme fortune
Soit de bien, soit de mal, quand vous estie icy;
Ce pendant vous alles en vn seiour de gloire,

D

Me laiſſant icy bas pleurer voſtre memoire,
Eſt-ce m'eſtre loyal & de ſerment auſſi?

Non, faites moy ſortir de ces priſons mortelles,
Belle ame, en iouiſſant des clartés eternelles
Auec les bien heureux, ou bien vous aurez tort:
Ie vous ſemonds de foy, & de voſtre parole,
Car ie ne veux iamais que mon mal ſe conſole
Parauant qu'eſprouuer voſtre ſemblable ſort.

Qu'ay-je plus qu'eſperer auſſi bien en ce monde
Que de maux & d'ennuys vne ſource feconde,
Et de mille tourmens, qui peuuent m'aduenir?
Mon bon heur eſcoulé n'eſtant plus en nature,
Me fera reſentir ma fortune plus dure,
Car le plaiſir paſſé eſt triſte au ſouuenir.

Roulez dōcques des pleurs, non pour mon allegeance,
Mes yeux; mais pour teſmoins de ma triſte ſouffrance,
Fondez vous en torrens eternels en leurs cours:
Qu'vn flot ſoudainement vn autre flot ſeconde,
Qu'on voye s'entreſuiure vne onde ſur vne onde,
Ma miſere auſſi bien m'aſſiſtera touſiours.

Preſſez de tant d'ennuys ceſte ame miſerable,
Que ne pouuant porter cet effort qui l'accable,
Elle quitte à la fin & s'enuole auec luy.
C'eſt vn contentement qui n'a point de ſemblable

De ſentir le treſpas quand il eſt agreable,
Et quand on ſemble né ſeulement pour l'ennuy.

Ou ſi ie ſuis long temps à ce mal deſtinee,
Et ſi mon triſte ſort eſt d'eſtre infortunee,
Faites moy donc, ô ciel, pour iamais ſouſpirer;
Aſſiſtez de ſanglots ma vie languiſſante,
Et faites que des eaux la courſe ruiſſelante
Ne tariſſe iamais pour ne le plus pleurer.

Que tout me ſoit de deuil, & les plaiſirs s'égarent,
Et les contentements loing de moy ſe ſeparent:
Ce qu'on voit de funebre & lugubre icy bas
Me couſtoye touſiours, & que ces cheres ombres,
Aux lieux plus reſermés, plus mornes, & plus ſobres,
Me ſeruent d'entretien, & ſuiuent pas à pas.

Que ſon beau ſouuenir renaiſſe mon martyre,
Et le mal qui fera que pour luy ie ſouſpire
Rapporte pour iamais ſa memoire à mes yeux;
Ainſi que le voyant & le pleurant enſemble
Ie meure, afin qu'apres le bon heur nous raſſemble
Pour le voir ſans pleurer en la gloire des cieux.

D ij

A MONSEIGNEVR
LE VICONTE DE
Brigeuil.

Rand cœur dont la pitié sceut exciter des
larmes,
Que n'auoient iamais sceu ny l'effroy des
alarmes,
Ny les autres assaults que l'on sent icy bas;
Bien qu'vn courage grand doiue fort se restraindre,
Ie pardonne à vos pleurs qui n'ont sceu se contraindre,
Il falloit estre vn Dieu pour ne s'esmouuoir pas.

Vn sensible subiect, qui nostre ame ne touche
Et qui fait renfermer les plaintes à la bouche,
Nous fait mesestimer plustost que d'estre en pris;
C'est couurir vne essence ou de pierre ou de roche,
Dont mesme le penser est digne de reproche,
En vn mal general de n'estre pas surpris.

Vn Prince genereux que la France souspire
Dans vn si noble cœur n'exciter du martyre
Si puissant de merite, & ioint d'affection?
Ceste offence rendroit vostre ame tant aymable

D'vne infidelité par iustice blasmable,
Et ſes meriteries de la compaſſion.

    Les valeureux eſprits, qui voſtre marque portent,
'Au public intereſt plus volontiers s'emportent
Qu'aux dommages, qui ſeuls les peuuent tourmenter,
Mais quand noſtre deuoir au general nous lie,
Celuy qui ſon courage à la pitié ne plie
Semble en ſa dureté le marbre ſurmonter.

    I'excuſe donc vos pleurs, vos ſoupirs & vos plaintes,
La France vous eſt trop pour n'auoir point d'atteintes
De cet aigre ſubiect, qui la va tourmentant,
Meſme puis que vos yeux, qui accroiſſent la playe,
Ont recognu ſa perte en la triſteſſe vraye
Que vont les nobles cœurs à l'egal regrettant.

    Mais bornez voſtre deuil, & ayez ſouuenance
Que nous courons tretous vne ſemblable chance,
Et pource qu'il nous faut lamenter par compas,
Ce ſeroit s'oublier de trop plaindre vn martyre,
Où la neceſſité toſt ou tard nous attire,
Et dont pour quelques pleurs on ne reſchappe pas.

    Ce que vous pleureriez comme les autres hommes,
(Car en humanité tous ſemblables nous ſommes)
Comme vn homme Chreſtien doit eſtre moderé:
Les prieres & vœux aydront plus à ſa tombe,

Que les fonteines d'eaux que tout le monde tombe,
Et ce seul tesmoignage est de luy desiré.

Poussé d'affection, bien que trop foible d'ailes,
Iouïssant de l'honneur d'estre de vos fidelles,
I'entrepris ce discours pour les vous presenter,
Vos souspirs plus ardents par deuoir me toucherent,
Et sensible à vos maux par contrainte arracherent
Ce qu'vne foible Muse a pour vous contenter.

Si mon ame eust esté noblement esleuee
En ses conceptions plus haute & releuee,
Elle iroit tesmoignant quelque plus bel effect,
Mais vn si bas esprit ne pouuant dauantage,
Si vous recognoissez l'ardeur de mon courage,
Et qu'il vous soit à gré, ie suis pour satisfaict.

Il mourut le 29. Feurier
en vne annee bissexille,
1 6 o 8.